Sobre la Escritura

Por

Francis Scott Fitzgerald

1. La tarea del escritor

Mi idea de la escritura se puede resumir en una frase. Uno ha de escribir para los jóvenes de su generación, los críticos de la siguiente, y los maestros de escuela de todas las generaciones posteriores.

Carta a la Asociación de Libreros, 1920

Letters, pp. 477-478

**

No paro de pensar en el prólogo de Conrad a El negro del Narciso. Creo que lo importante de una obra narrativa es que perdure: no me importaría que el final de esta novela no produjera ningún efecto en el lector actual, con tal de que dejase huella al cabo de los años, mucho después de que el autor hubiese caído en el olvido.

Carta a John Peale Bishop, 1934

Letters, p. 387

**

La idea [...] que saqué del prólogo de Conrad a El negro del Narciso, y según la cual el propósito de una obra narrativa es dejar una impresión duradera en el ánimo del lector, a diferencia de lo que persiguen, por ejemplo, la oratoria y la filosofía: inspirarnos una actitud combativa y reflexiva, respectivamente.

Carta a Ernest Hemingway, 1934

Letters, p. 336

**

Una novela no se escribe con la finalidad de construir un gran sistema filosófico. Has tratado de compensar tu inseguridad intelectual con una notable ambición formal.

Carta a John Peale Bishop, 1929

Letters, p. 386

**

Si el propósito primordial de un escritor es «haceros ver», el de una revista es ser leída.

Carta a Max Perkins, 1934

Letters, p. 271

**

Lo único que tenemos los tres en común como escritores es el hecho de intentar de vez en cuando, en nuestras novelas y relatos, recrear con exactitud un tiempo y un ambiente determinados fijándonos en las personas más que en las cosas: lo que Wordsworth trató de hacer y no lo que Keats hizo con una facilidad admirable; rememorar, en la madurez, una experiencia profunda.

En referencia a Hemingway, Wolfe y él mismo.

Carta a Max Perkins, 1934

Letters, p. 276

**

Casi todo lo que cuento en las novelas se incorpora al subconsciente del lector. La gente ha llegado a hablarme de la historia de «El curioso caso de Benjamin Button» años después, cuando ya ni se acuerda de quién lo escribió. Este es seguramente el comentario más presuntuoso que he hecho nunca sobre mi obra.

Carta a Margaret Case Harriman, 1935

Letters, p. 547

**

Escribir bien es como nadar bajo el agua y aguantar la respiración.

The Crack-up, p. 304

**

Da lo mismo que escriba sobre algo que pasó ayer o hace veinte años: tengo que partir de una emoción que sienta vivamente y que comprenda.

Afternoon of an Author, p. 132

**

Contar las cosas extraordinarias como si fueran normales te introducirá en el arte de la ficción.

The Crack-up, p. 178

**

Joseph Conrad lo expresó con mayor claridad y elocuencia que ningún contemporáneo nuestro:

«Mi tarea consiste en haceros oír, haceros sentir y, ante todo, haceros ver mediante el poder de la palabra escrita».

No cuesta demasiado volver al puesto de salida y empezar de nuevo, especialmente en privado. A lo que uno aspira es a hacer una o dos buenas carreras cuando el público llene las gradas.

Afternoon of an Author, pp. 135-136

**

—Escribir ficción es manejar un truco dirigido a la inteligencia y el corazón del lector; un artificio para suscitar emociones diferentes, a la manera del prestidigitador. Una vez aprendido, lo olvidas…

—¿Cuándo lo aprendiste tú?

—La verdad es que, cuando empiezo a escribir algo, tengo, hasta cierto punto, que volver a aprenderlo. Pero las cosas más sutiles las tengo interiorizadas. No sé por qué elegí este oficio tan horrible, con los días de encierro, las noches en vela y la perpetua insatisfacción. No sé si volvería a elegirlo…

Afternoon of an Author, p. 184

**

Las dos historias básicas de la literatura son Cenicienta y Jack, el cazagigantes: el encanto de las mujeres y la valentía de los hombres.

The Crack-up, p. 180

**

El público está cansado de que le engañen, y por eso ha vuelto a los ingleses, los libros de memorias y los profetas. Algunas de las antaño jóvenes promesas se dedican a dar conferencias […] otras, a escribir bodrios comerciales; y unas cuantas han abandonado definitivamente la literatura. Nunca comprendieron del todo que las cosas sobre las que uno escribe son, por mucha atención que ponga en ellas, tan huidizas como el momento en que sucedieron, a menos que se vean purificadas por un estilo incorruptible y una emoción intensa.

Afternoon of an Author, p. 120

**

Un tercer artículo completa la trilogía sobre la depresión. Naturalmente, ahora que las cosas parecen ir algo mejor, o que la angustia se va disipando, me doy cuenta de que escribir aquellos textos fue una especie de catarsis, pero lo que conté allí me resultaba totalmente real. […] Y entiendo que un crítico hostil pueda describirlos como el lloriqueo de un niño mimado, si bien habría que decir que la poesía es, en su mayor parte, el lamento del espíritu eternamente joven que perdura en el poeta, y lo único que distingue mis gemidos de los de Shelley, Stephen Crane y Verlaine es que están escritos en prosa. No pretendo equiparar su calidad a la de los grandes poemas elegíacos; solo digo que no son muy diferentes en cuanto al tono.

Carta a Julian Street

Letters, p. 553

**

—¿Crees que llegarás a formar parte de la gran tradición literaria? —pregunté tímidamente.

—No existe tal cosa. [...] Toda tradición literaria acaba muriendo. En literatura, el hijo sabio mata al padre.

In His Own Time, pp. 162-163

**

Todo cuanto admite, estimula o muestra tergiversación es inmoral. Todo lo que sustituye la voluntad natural de vivir es inmoral. Todo entretenimiento fácil acaba volviéndose inmoral: se convierte en la heroína del alma.

In His Own Time, p. 139

**

Esa es una de las maravillas de la literatura. Uno descubre que sus anhelos son universales, que no está solo, aislado del mundo.

Carta a Sheilah Graham, 1938

Beloved Infidel, p. 196

**

—Me preguntabas qué es lo que me parece más admirable en las artes, si engendrar un nuevo estilo o perfeccionar uno ya existente. La mejor respuesta es el comentario algo amargo que Picasso le hizo a Gertrude Stein:

«Inventas algo y luego llega alguien y lo hace bonito».

Para los verdaderos artistas, el precursor de un estilo es infinitamente superior a quien se ocupa de refinarlo, y así Giotto y Leonardo están muy por encima de Tintoretto, y D. H. Lawrence de Steinbeck y compañía.

Carta a Frances Scott Fitzgerald, 1940

Letters, p. 89

2. El carácter del escritor

No es que Dick vea más cosas que nadie. Sucede, simplemente, que es capaz de describir una mayor proporción de lo que ve.

The Beautiful and Damned, p. 20

**

—¿Entonces no crees que el artista se apoye en su inteligencia?

—No. Lo que hace es imitar un estilo e ir mejorándolo si puede, y elegir, a partir de su visión de la realidad, aquello sobre lo que vale la pena escribir. En cualquier caso, uno siempre escribe porque no sabe vivir de otro modo.

The Beautiful and Damned, p. 37

**

—Hoy estaba pensando que tengo mucha fe en Dick. Mientras se limite a escribir sobre personas y no sobre ideas, mientras se inspire en la vida y no en el arte, y suponiendo que, como es natural, vaya mejorando llegará a ser un gran escritor.

—Me parece que el cuaderno negro muestra que se inspira en su vida.

Anthony se incorporó y respondió excitado:

—Trata de inspirarse en ella, como cualquier escritor, excepto los peores; pero en realidad la mayoría de ellos se alimentan a base de comida ya digerida. Puede que el suceso o el personaje en cuestión proceda de su vida, pero lo interpretan a partir del último libro que han leído.

The Beautiful and Damned, p. 47

**

En realidad no empecé a rebajar el estilo hasta después del fracaso de Los vegetales […]. Lo habría hecho mucho antes si me hubiese servido para ganar dinero; lo intenté sin éxito en el cine. La gente no parece comprender que, para un escritor inteligente, no hay nada tan difícil como escribir pensando en el gran público. Si autores como Hugues y Stephen Whitman se tuercen después de escribir un libro sombrío es porque en el fondo nunca les ha movido el orgullo ni la dignidad artística: simplemente tienen el estómago vacío y los nervios de punta. Una vez que se han llenado el estómago y la vanidad les ha calmado los nervios, empiezan a ver la vida con optimismo, de modo que sería muy hipócrita por su parte escribir nada que no fuera la basura alegre que escriben.

Carta a H. L. Mencken, 1925

Letters, pp. 499-500

**

Ponía gran empeño en evitar a los escritores, pues nunca dejan de causar problemas.

The Crack-up, p. 73

**

Puedes pagar algo de dinero, pero ¿qué hacer cuando has jugado con los sentimientos de alguien? El escritor se ve continuamente impulsado por su temperamento a cometer daños que no podrá reparar jamás.

Afternoon of an Author, p. 188

**

Nunca se ha escrito una buena biografía de un buen novelista. Es imposible escribirla: un buen novelista es demasiadas personas en una.

The Crack-up, p. 177

**

Un escritor puede seguir contando sus andanzas después de los treinta, los cuarenta o los cincuenta años, pero a los veinticinco quedan ya definitivamente fijados sus criterios para interpretar y valorar lo que le sucede.

The Crack-up, p. 36

**

—Hay otra razón por la que me hice escritor.

—¿Cuál?

—En el colegio formaba parte del equipo de fútbol americano y a cierto entrenador no le gustaba nada cómo jugaba. Un día fuimos a jugar un partido a orillas del Hudson. La semana anterior había sustituido al climax runner, que estaba lesionado, y lo había pasado bien. Ahora el tipo ya se había repuesto, así que me relegaron a la posición de blocking back. El caso es que no supe adaptarme a mi nuevo papel, quizá porque no era tan lucido ni estimulante. Además hacía frío, algo que no soporto. En lugar de cumplir con mi deber me puse a pensar en lo gris que estaba el cielo. Al mandarme al banquillo, el entrenador me dijo: «No se puede contar contigo». Aquello me llevó a escribir un poema para el periódico del colegio que hizo a mi padre sentirse tan orgulloso de mí como si me hubiese convertido en una estrella del fútbol. Cuando volví a casa a pasar las vacaciones de Navidad, me había convencido de que si uno no vale para la acción, para la vida práctica, al menos debe ser capaz de hablar de ello, porque puede ser igual de apasionante. Era una manera de huir de la realidad.

Afternoon of an Author, pp. 185-186

**

Vengo fantaseando desde niño con empezar desde cero en una isla desierta, construyendo una civilización superior a la nuestra con los recursos disponibles.

Afternoon of an Author, p. 129

**

La señal de una inteligencia de primer orden es la capacidad de mantener dos ideas opuestas a la vez sin dejar de funcionar.

The Crack-up, p. 69

**

En su juventud, el hombre de genio va por el mundo pidiendo continuamente perdón por su talento. No es extraño que, más tarde en la vida, tienda a huir de los idiotas y de los pelmas.

The Crack-up, pp. 123-124

**

El genio es la capacidad para materializar lo que uno tiene en la cabeza. No hay otra manera de definirlo.

The Crack-up, p. 123

**

Para ser capaz de anotar lo que ocurre hay que ser ingenuo.

The Crack-up, p. 202

**

El temperamento artístico es como un rey vigoroso y con infinitas oportunidades. Uno juega con la estructura, la sacude y acaba por destruirla.

The Crack-up, p. 205

**

Creo sinceramente que los deportistas, actores y escritores que viven de demostrar al público su talento han de tener un mánager o un agente en sus mejores años. Y es que, cuando está oculta, la parte más frágil y huidiza de ese talento le resulta a uno tan ajena, tan extraña que parece requerir un guardián mejor que el pobre individuo en el que reside.

Carta a Max Perkins, 1937

Letters, p. 298

**

En cada generación, el artista ha tenido que hacer perdurable su obra afinándola y depurándola sin descanso, no fuera a enredarse en el material periodístico que ha atraído a personas de menor talento.

Carta a Dayton Kohler, 1938

Letters, p. 595

**

Alguien dijo una vez (y cito de manera muy inexacta): «El escritor que enriquece la vida humana es el que logra ahondar en su alma o en la de los demás y, gracias a su talento, es capaz de encontrar cosas que nadie había visto antes o se había atrevido a contar».

De ahí que, al llegar a la encrucijada en la que se pregunta qué decir y qué no decir de sí mismo y de sus sentimientos, el escritor joven (palabra que me molesta tanto como a ti) sienta la tentación de guiarse por lo conocido, por lo generalmente aceptado o admirado, mientras una voz interior le susurra: «A nadie le importará este sentimiento ni este hecho insignificante; debe de ser algo peculiar mío, en modo alguno universal ni interesante, quizá ni siquiera aceptable». Si tiene verdadero talento o suerte —según como uno quiera verlo—, otra voz le impulsará a escribir sobre esas cosas en apariencia particulares e insustanciales, y ahí radica su estilo y, finalmente, su identidad artística. Lo que ha pensado en desechar (lo que desecha a menudo) es justamente lo que le salva como escritor.

Gertrude Stein expresó una idea parecida, aunque se refería a la vida más que a la literatura, al decir que luchamos contra la mayoría de nuestras peculiaridades hasta los cuarenta años y luego descubrimos, demasiado tarde, que esas cualidades singulares constituyen nuestra verdadera identidad: son nuestro yo más íntimo, y como tales deberíamos haberlas apreciado y estimulado.

Ahora bien, uno puede llegar a extraviarse como Saroyan y el difunto Tom Wolfe, y creer que el escritor tiene que dejar crecer todas las malas hierbas que encuentre en el jardín. Aquí interviene el talento, que le permite a uno distinguir entre las flores convencionales, es decir, las que conoce todo el mundo y no tienen demasiado interés, la maleza desbocada y tramposa, y esa semilla minúscula, oculta en un rincón, a menudo invisible: la única que vale la pena cultivar, y que seguirá como está, o llegará a ser un roble.

Carta a Morton Kroll, 1939

Letters, pp. 616-617

**

Lo más probable es que no tengas la clase de talento que madura muy rápido. La mayoría de mis contemporáneos no empezaron a escribir a los veintidós años, sino alrededor de los veintisiete o los treinta o incluso más tarde, y se dedicaron hasta entonces al periodismo, a la enseñanza, a navegar en una goleta o luchar en alguna guerra. El talento que madura pronto suele ser el poético, y el mío lo es en gran medida. El talento para la prosa depende de otros factores: hay que saber asimilar y elegir con cuidado el material literario o, para decirlo sin rodeos, tener algo que decir y un modo interesante y muy refinado de decirlo.

Carta a Frances Scott Fitzgerald, 1940

Letters, p. 102

**

Schwarz me miró como quien mira a un jurado.

—Ahí tienes a un escritor —dijo—. Lo sabe todo y al mismo tiempo no sabe nada.

The Last Tycoon, p. 12

**

Entonces intuí por primera vez que era escritor, y eso le hizo caer en mi estimación, por más que me gusten los escritores (y es que, si les preguntas cualquier cosa, suelen tener una respuesta). Un escritor no es exactamente una persona. Cuando tiene talento, es muchas personas que se esfuerzan por ser una sola.

The Last Tycoon, p. 12

**

—Los escritores son como niños: ni siquiera en circunstancias normales son capaces de concentrarse en su trabajo.

The Last Tycoon, p. 120

**

—Hace falta algo más que inteligencia. Vosotros, los escritores y los artistas, os cansáis y os hacéis un lío y tiene que venir alguien a enderezaros.

—Se encogió de hombros—. Parecéis tomaros las cosas muy a pecho. A la gente la odiáis o la adoráis; siempre le dais mucha importancia, pero a nadie tanta como a vosotros. Casi estáis pidiendo que os humillen. A mí me gusta la gente y me gusta gustarle, pero llevo el corazón donde Dios me lo puso: por dentro y no por fuera.

The Last Tycoon, p. 17

3. La escritura

—¿Cómo empezó usted a escribir?

—Llevo escribiendo desde que tengo memoria. Escribí cuentos en la escuela, obras de teatro y poesía en el colegio, y obras de teatro y cuentos para el Triangle y la asignatura de literatura, en Princeton. Fue Hugh Walpole quien me hizo empezar a escribir novelas. Un día iba leyendo un libro suyo en un tren de Nueva York a Washington. Cuando llevaba leídas unas cien páginas, me dije que si ese hombre era escritor, yo también podía serlo. Sus libros me parecían infames. Logró, ante todo, que lo insustancial pareciese importante, pero fue un autor muy leído. El caso es que me mantuve en mis trece, y terminé mi primera novela.

In His Own Time, pp. 250-251

**

—Tienes que empezar por tomar notas, una tarea que te puede ocupar varios años. [...] En cuanto se te ocurra algo o recuerdes algo, ponlo donde corresponde —dijo—. Apúntalo enseguida; de lo contrario, puede que no llegues nunca a recuperarlo del todo.

Carta a Sheilah Graham, 1940

Beloved Infidel, p. 239

**

Un escritor no desperdicia nada.

Carta a Sheilah Graham

Beloved Infidel, p. 162

**

Confío en terminar la novela en junio, pero ya sabes lo que ocurre a menudo. Aunque tarde diez veces más, no puedo poner el punto final a menos que haya dado lo mejor de mí mismo, o incluso me haya superado.

Carta a Max Perkins, 1924

Letters, p. 182

**

Me temo que aún no he alcanzado la maestría implacable que le permite a uno eliminar un pasaje perfecto cuando no encaja en el contexto. Soy capaz de eliminar uno casi perfecto o incluso brillante, pero la verdadera precisión no la he logrado todavía.

Carta a John Peale Bishop, 1925

The Crack-up, p. 271

**

Me parece que corregir significa, en este caso, suprimir la parte más floja del libro, luego la segunda más floja, y así sucesivamente.

Carta a Max Perkins, 1934

Letters, pp. 266-267

**

Solo ha habido reacciones por parte de unos cuantos escritores y de la industria del cine. La novela tendrá, sin duda, succès d'estime, aunque puede que tarde en llegar. Me temo que he escrito otra novela para escritores, con pocas posibilidades de hacer rico a nadie. Quizá sea demasiado alambicada para los lectores que andan buscando una historia, pero la verdad es que no lo puedo evitar: a veces hay que dar lo mejor de uno mismo en cada página. En cualquier caso, me parece que la publicación por entregas es la que más conviene a la novela, que solo se puede apreciar del todo en una segunda lectura. He corregido y repensado casi todo el libro entre tres y seis veces.

Carta a Max Perkins, 1934

Letters, pp. 264-265

**

Esto es una especie de posdata a mi carta de ayer. Creo que en la tuya utilizaste un argumento falaz. Que Ernest Hemingway se haya permitido repetir alguna que otra frase no justificaría en modo alguno que yo lo hiciese también. Los dos tenemos nuestras virtudes, y entre las mías está un notable afán de precisión en la escritura. Él quizá pueda, al contrario que yo, permitirse algún fallo, y, por lo demás, me corresponde finalmente a mí juzgar qué es lo oportuno en estos casos. Te lo digo por tercera vez, Max: no es cuestión de pereza ni mucho menos. Es cuestión de autoconservación.

Carta a Max Perkins, 1934

Letters, p. 277

**

Cada vez tengo más claro que el alcohol está reñido con construir muy bien una novela larga y con tener intuiciones o ideas atinadas a la hora de corregir. Uno puede escribir un cuento mientras se bebe una botella; en una novela, en cambio, hay que tener siempre presente toda la estructura y desechar lo accesorio sin contemplaciones, como hizo Ernest Hemingway en Adiós a las armas; y eso requiere agilidad mental. Cuando la mente se embota, aunque solo sea un poco, vive en la parte del libro que uno está escribiendo y no en el libro como un todo: la memoria falla. Ojalá no hubiese tenido que escribir toda la tercera parte de Suave es la noche bebido. De haber estado totalmente sobrio, creo que la novela habría ganado mucho. Hasta Ernest me comentó que ciertos pasajes sobraban, y no conozco mejor referente que él.

Carta a Max Perkins, 1935

Letters, p. 286

**

«Nadie escribe borracho un cuento para The Saturday Evening Post», dijo una vez, comprensiblemente irritado con sus detractores.

Afternoon of an Author, p. 7

**

Inventa si quieres un sistema a lo Zola […] pero cómprate una carpeta. En la primera hoja, haz un esquema general de una novela monumental sobre nuestra época (no te preocupes: ya se irá reduciendo sola), y dedícate a elaborar el plan durante dos meses. Toma el punto principal como el clímax y, a partir de él, ve revisando y modificando el plan los siguientes tres meses. Luego ocúpate de crear, con lo que ya tengas, eso tan difícil que es la continuidad narrativa, y, por último, prepara un programa de trabajo.

Carta a John O'Hara, 1936

Letters, p. 560

**

Las buenas historias se escriben solas; las malas hay que escribirlas.

Carta a Harold Ober, 1925

As Ever, Scotty Fitz., p. 76

«¡Bang!». Suena la pistola y este competidor echa a correr. A veces sale en el momento justo; otras se adelanta al pistoletazo y, con suerte, tras correr unos cuantos metros, mira a su alrededor y vuelve avergonzado a la línea de salida. Sin embargo, es demasiado frecuente que recorra toda la pista creyendo que va el primero y, al llegar a la meta, se dé cuenta de que nadie le sigue. Entonces la carrera tiene que empezar de nuevo. [...]

Esto dice en una entrevista uno de los campeones de las salidas en falso en el oficio de escribir: yo mismo. Cojo una papelera forrada de cuero que vanidosamente llamo «mi cuaderno», y saco al azar un papelito de envolver triangular con un sello usado en un lado. En el otro está escrita la frase «Boopsie Dee era guapa».

[...] Hay cientos de ideas así anotadas en el cuaderno. No todas son literarias: está, por ejemplo, la de traer a una compañía de bailarinas Ouled Naïl desde África o el Grand Guignol de París a Nueva York, y la de resucitar el fútbol en Princeton. [...]

No me costó ningún esfuerzo concebir estas cosas: eran como las fantasías de un fumador de opio, que se desvanecen con el humo de la pipa; tú ya me entiendes. El placer de pensar en ellas equivalía a realizarlas. En cambio, los esbozos de seis, diez, treinta páginas me entristecen como escritor: son como prospecciones de petróleo fallidas, las salidas en falso de las que hablaba antes.

Afternoon of an Author, pp. 127-128

Estoy en mi cuarto de color azul desvaído, a solas con el gato enfermo, las ramas desnudas que se agitan en la ventana, el pisapapeles con la irónica inscripción «El negocio va bien»... y mi gran dilema: «¿Termino lo que he empezado?» o «Esto es pura tozudez; más vale tirarlo y volver a empezar».

Esta última decisión es una de las más difíciles que ha de tomar un escritor. Si la toma pronto, para no agotarse intentando, durante cien horas, resucitar un cadáver o resolver infinidad de problemas, es señal de que es un buen profesional. Muchas veces la decisión es doblemente dolorosa: por ejemplo, cuando está terminando el libro, y es impensable tirarlo todo a la basura, pero no le queda más remedio que quitar de la novela a uno de sus personajes preferidos agarrándolo por los talones, por mucho que chille y aunque arrastre consigo una docena de pasajes excelentes.

Estas confesiones guardan relación no solo con los dilemas propios del escritor, sino también con una cuestión más general. En la vida uno a menudo se da cuenta de que no está haciendo más que tropezar y causar problemas a los demás: hay que saber cuándo desistir.

Afternoon of an Author, pp. 134-135

**

«¡El trabajo!», exclamó de inmediato Fitzgerald, con un brillo apasionado en sus ojos azules. «El trabajo es lo único que nos salva a todos, aunque trabajemos para olvidar que no hay nada por lo que valga la pena trabajar, y aunque el fruto de nuestro trabajo —libros, por ejemplo— no nos satisfaga. Un joven tiene que trabajar».

In His Own Time, p. 257

**

Al ver pasar a un escritor con fama de alcohólico:

—Por ahí va uno de los últimos supervivientes de la escuela de la «bebida y la inspiración». Bret Harte fue uno de los precursores. Aquello estuvo bien en su día, pero la verdad es que se está extinguiendo la vieja escuela de los escritores que aprendieron a beber y escribir al tiempo que trabajaban para los periódicos. […] ya no se ve gente así. No sé cómo se las arreglaban; en mi caso, las drogas entorpecen el trabajo. Puedo entender que alguien tome café por su efecto estimulante, pero el whisky… no, de ninguna manera.

—Nadie diría, leyendo A este lado del paraíso, que fue escrita a base de café.

—No lo fue. Te reirás, pero confieso que la escribí a base de Coca-Cola, que es lo bastante efervescente para mantenerme despierto.

In His Own Time, pp. 252-253

**

De hecho, no he escrito jamás una frase bebiendo nada, ni siquiera un solo cóctel, y, aunque he ido a muchas fiestas, ha sido su espectacularidad, más que su frecuencia, lo que me ha dado —como era de esperar— fama de drogadicto.

Carta a Edmund Wilson, 1922

Letters, p. 355

**

Le he cogido gusto a este rincón de California donde seguramente pasaré el verano. Cuando se trata de escribir una novela, como sabes, las fechas son inciertas; pero en este caso voy a olvidarlas por completo para poder, a diferencia de lo que hice en Suave es la noche, dejar de lado el libro un mes y luego retomarlo en el lugar exacto —argumental y emocional— donde lo dejé.

Carta a Max Perkins, 1939

Letters, pp. 312-313

**

Mi novela tiene algo de misterio, espero. Creo que no contar de qué trata un libro hasta haberlo terminado es una norma bastante razonable. Cuando revelas el argumento, siempre te da la impresión de que se te escapa de las manos, de que ya no te pertenece del todo.

Carta a Frances Scott Fitzgerald, 1940

Letters, p. 117

**

Ante un problema especialmente peliagudo, a veces lo mejor es acometerlo con la mente fresca a primera hora de la mañana. Este método me ha funcionado tan a menudo que tengo una extraordinaria fe en él.

Carta a Frances Scott Fitzgerald, 1940

Letters, p. 81

**

Los cuentos conviene escribirlos en una o tres sesiones, según lo largos que sean. En este último caso hay que trabajar en tres días consecutivos, luego dedicar uno a corregir, y ya está. Esto es lo ideal: pero a veces uno tropieza con una dificultad que es necesario resolver. En general, sin embargo, los cuentos que uno se eterniza escribiendo o que cuestan un esfuerzo tremendo (por estar mal pensados y, por tanto, mal construidos) luego, cuando se leen, no fluyen con naturalidad.

Carta a Frances Scott Fitzgerald, 1940

Letters, p. 110

**

Las paredes de mi cuarto están cubiertas de esquemas como los que hice para Suave es la noche, y donde represento las acciones de los personajes, sus historias.

Carta a Zelda Fitzgerald, 1940

Letters, p. 147

4. La técnica

Espero que leas un montón, Sally; tienes una mente muy aguda y conviene que la alimentes con cualquier libro que caiga en tus manos, ya sea bueno, malo o mediocre. Una persona inteligente sabe discriminar bien lo valioso de lo que no lo es.

Carta a Sally Pope Taylor, 1918

Letters, p. 471

**

Piensa en un tipo romántico y egocéntrico que se dedica a escribir sobre sí mismo en un barracón frío los domingos por la tarde […] y sin embargo esta novela es así de deslavazada; no tiene una verdadera estructura.

Carta a Shane Leslie, 1918

Letters, p. 396

**

Mi novela es autobiográfica en cuanto al punto de vista, pero he tomado prestados episodios de la vida de todos mis amigos.

Carta a la esposa de Edward Fitzgerald, 1919

Letters, p. 473

**

—Así que, como era bastante perspicaz para mi edad, pasé de los profesores a los poetas, escuchando la voz de tenor lírico de Swinburne y la de tenor dramático de Shelley. Shakespeare era un primer bajo con una amplia tesitura; Tennyson, un segundo bajo que de vez en cuando recurría al falsete; Milton y Marlowe, bajos profundos. También escuché a Browning parlotear, a Byron declamar y a Wordsworth hablar monótonamente. Por lo menos no me hizo daño. Aprendí un poco de lo que es la belleza —lo bastante para comprender que no tiene nada que ver con la verdad— y descubrí, además, que la gran tradición literaria no existe, que no hay más tradición que la de la muerte inexorable de toda tradición literaria.

The Beautiful and Damned, p. 253

**

No debes nunca utilizar una palabra rara a menos que hayas tenido que buscarla para expresar un matiz sutil […]. Creo que esta es una excelente regla para la prosa. [...] Excepciones: a) necesidad de evitar repeticiones, b) necesidad de crear un ritmo, c) etc.

Carta a John Peale Bishop, 1929

Letters, p. 385

**

También me ha interesado tu análisis de los autores que han influido en mi obra. No leí a ningún francés, a excepción de los típicos clásicos prescritos en el colegio, hasta los veinte años; a Thackeray, en cambio, ya lo tenía leído y releído a los dieciséis. Así que has adivinado bien.

Carta a John Jamieson, 1934

Letters, p. 528

**

Lo que quise decir es que los grandes asuntos nunca me han seducido; simplemente no estoy hecho para ellos. El esfuerzo deliberado por encontrar lo grande «fuera», el ser ambicioso en cuanto al tema y no en cuanto a la percepción, el afán por crear la magnum opus objetiva… todo eso está en las antípodas de lo que me propongo como escritor.

In His Own Time, p. 162

**

En Suave es la noche: El decrescendo fue del todo intencionado: no obedeció a una pérdida de vitalidad, sino a un plan muy concreto.

En este artificio, que Ernest Hemingway y yo desarrollamos (seguramente a partir del prólogo de Conrad a El negro del Narciso), llevo creyendo más que en ninguna otra cosa en la vida desde que decidí que iba a ser un artista y no un trepa. Prefiero imprimir una imagen (aunque sea del tamaño de una moneda de cinco centavos) en el alma de la gente antes que ser conocido exclusivamente como padre de familia, obligado como tal a mantener a los míos. No me importaría ser anónimo como lo fue Rimbaud con tal de sentir que he logrado aquel propósito. Y esto no es pura charlatanería sentimentaloide destinada a convencer a nadie de mi altruismo. Sucede simplemente que, una vez que has descubierto la intensidad que puede alcanzar el arte, ya nada te parece tan importante como el proceso creativo.

Carta a H. L. Mencken, 1934

Letters, p. 530

**

Ring Lardner nunca tuvo ni idea de cómo estructurar una narración, exceptuando las formas breves; por eso siempre nos pedía consejo al respecto. Ese fue su mayor defecto (del que adolecen, por lo demás, la mayor parte de los escritores formados en la escuela del periodismo); en cambio el novelista, con su eterno suspiro, es capaz de respirar hondo unas cuantas veces. ¡Cuesta muchísimo más construir un largo gemido que un par de toses cortas!

Carta a Max Perkins, 1934

Letters, p. 282

**

Años después, cuando estaba escribiendo Adiós a las armas, Ernest tuvo dudas sobre el final y pidió consejo a un puñado de amigos. Le di muchísimas vueltas al asunto, y al final logré que adoptara un planteamiento totalmente contrario a su idea de cómo había de acabar una novela. Más tarde comprendí que él tenía razón, así que terminé Suave es la noche en diminuendo en vez de en staccato.

Carta a John O'Hara, 1936

Letters, p. 559

**

Lo que se saca en limpio de mi carta es que habría podido potenciar el dramatismo de muchos pasajes del libro, y sin embargo lo evité a propósito. Lo que contaba allí era ya de por sí tan doloroso, estaba tan lleno de tensión emotiva que no quería someter al lector a una serie de shocks en una novela, por lo demás, evocadora de la experiencia de cualquier persona de mi generación. Por el contrario, al enfrentarme en El gran Gatsby a personajes tan ajenos a la mayoría de nosotros como un contrabandista y un estafador, no tuve el menor reparo en recurrir al melodrama.

Te transmito esta teoría por si vale para tu novela. Los consejos de mis compañeros de oficio me han sido muy útiles; de hecho, me parece que fue Ernest Hemingway quien me convenció de que el decrescendo es preferible en ciertos casos al final dramático, una idea cuyo germen encontramos, según creo, en Conrad.

Carta a John Peale Bishop, 1934

Letters, p. 388-389

**

Al incorporar un episodio a la novela, no vayas a pensar que su importancia depende del espacio que ocupa: es una cuestión estrictamente artística. Si Dreiser, en Una tragedia americana, quiere extenderse contando el ahogamiento [...], me parece perfecto; pero te podría nombrar un montón de libros donde el autor despacha el acontecimiento principal, en torno al cual gira todo, en apenas cuatro o cinco frases.

Carta a John Peale Bishop, 1935

Letters, p. 391

**

Soy tan propenso como tú [...] a dejar que un asunto se desenrede, por así decir, al final de la novela, como sucede en la vida, en vez de resolverlo bruscamente. Pero eso no significa que la prosa se agote o debilite. Vengo sosteniendo desde hace mucho que, en literatura, el cansancio, el tedio, el agotamiento, etc., no se deben transmitir mediante los signos que revisten la vida, puesto que el aburrimiento es esencialmente aburrido, y la fatiga, esencialmente fatigosa.

Carta a James Boyd, 1935

Letters, p. 542

**

Me disgustaría mucho ver un talento tan extraordinario como el de Thomas Wolfe convertido en uno de esos inútiles forzudos que se ven en el circo. Los deportistas deben dominar el juego y no contentarse con lucir los músculos; de lo contrario, en lugar de lograr cierto efecto con la pelota, tenderán a lanzarla al público y no batirán ningún récord. La metáfora no es del todo certera, pero creo que me entiendes.

Carta a Max Perkins, 1935

Letters, p. 289

**

En el caso de Ernest, lo único que conseguí fue que escuchase mis opiniones; le indiqué un pasaje y le dije: vamos a eliminar todo lo anterior. Luego no encontró la parte que le había sugerido que quitara y acabó eliminando otra; pero más tarde coincidimos en que había sido una decisión muy sabia. Las cosas no sucedieron exactamente así, y no quiero que esta anécdota se incorpore a la leyenda de Hemingway. En todo caso, eso es lo más lejos que puede llegar un escritor en su afán por ayudar a un colega.

Carta a John O'Hara, 1936

Letters, p. 559

**

No quiero que abandones las matemáticas el año que viene. Yo aprendí cosas sobre la escritura haciendo algo que no me gustaba nada.

Carta a Frances Scott Fitzgerald, 1936

Letters, p. 25

**

¿No fue Hemingway quien dijo más o menos que, si Tom Wolfe lograse distinguir entre lo que aprende de los libros y lo que aprende de la vida, llegaría a ser un escritor original? De los libros no se aprende más que el ritmo y la técnica. Wolfe está artísticamente a medio hacer: esto es más acertado que lo que dijo Ernest. Sin embargo, siempre que le he criticado (y lo he hecho de palabra varias veces), me he sentido fatal.

The Crack-up, p. 178

**

Mis libros alternan entre la sobriedad y la desmesura. A este lado del paraíso y El gran Gatsby pertenecen a la primera categoría. En cambio, Hermosos y malditos y Suave es la noche pretenden abarcarlo todo: cualquiera de ellos se podría reducir en un cuarto. (En los dos libros quité cosas, desde luego, pero no las suficientes.) [...] En A este lado del paraíso (aunque de forma chapucera) y en Gatsby, seleccioné aquello que contribuyera a transmitir cierto estado de ánimo, un tono evocador o como quieras llamarlo. En Gatsby, por ejemplo, deseché de antemano centrarme en todos los elementos vulgares o prosaicos relacionados con Long Island, los grandes estafadores, el adulterio y, en cambio, convertí el pequeño incidente que me había impresionado tanto —mi encuentro con Arnold Rothstein— en el hilo conductor de la novela.

Carta a Corey Ford, 1937

Letters, p. 573

**

Te diré algo sobre los adjetivos. La buena prosa se apoya en los verbos. Son estos los que impulsan las frases. «La víspera de Santa Inés», de Keats, es seguramente el mejor poema en inglés desde el punto de vista técnico: un verso como «La liebre cojeaba tiritando sobre la hierba helada» está tan vivo que se lee muy deprisa, sin apenas reparar en él; y sin embargo esas palabras comunican su ímpetu a todo el poema. El cojear, el tiritar… suceden ante nuestra mirada.

Carta a Frances Scott Fitzgerald, 1938

Letters, p. 43

No me importa mucho donde estoy ni espero gran cosa de los lugares. Ya lo entenderás. Para mí se trata de una nueva etapa, o más bien del desarrollo de algo que comenzó hace mucho en mi literatura: el afán por revelar lo importante, lo esencial y, ante todo, lo dramático y lo fascinante del mundo que me rodea, sea cual sea. Antes pensaba que mi percepción de la realidad venía de fuera. Creía de veras que era algo tan objetivo como el cielo azul o una pieza musical. Ahora sé que todo estaba en mi cabeza, y aprecio enormemente lo poco que queda.

Carta a Gerald Murphy, 1938

Letters, p. 446

El libro es amorfo. La falta de estructura es aceptable y quizá hasta aconsejable en las primeras novelas, ya que da al joven escritor mayor margen para afirmar su personalidad, que es lo más importante.

In His Own Time, p. 137

Por estilo entiendo el color. [...] Quisiera poder hacer cualquier cosa con las palabras: descripciones vívidas, llameantes como las de Wells; manejar las paradojas con la claridad de Simon Butler, la libertad de Bernard Shaw y el ingenio de Oscar Wilde. Aspiro a los cielos vastos y ardientes de Conrad, los dorados atardeceres y abigarrados firmamentos de Hitchens y Kipling, y los pálidos amaneceres y crepúsculos de Chesterton. Son solo unos cuantos ejemplos. Me considero, en literatura, un ladrón profesional que busca ávidamente las mejores técnicas de todos y cada uno de los escritores de su generación.

In His Own Time, p. 163

Nostromo, de Conrad, es la novela que más me habría gustado escribir: primero, porque es la mejor que se haya escrito desde La feria de las vanidades (con la posible excepción de Madame Bovary); pero sobre todo porque el personaje de Nostromo me intriga mucho. [...] Habría preferido descubrir el alma que se oculta tras su presencia silenciosa y desconcertante antes que escribir ninguna otra novela.

In His Own Time, pp. 168-169

No es fácil empezar a escribir poesía sin la ayuda de nadie. Al principio te tiene que guiar alguien tan entusiasta como experto. John Peale Bishop cumplió este papel cuando yo estudiaba en Princeton: ya había escrito algunos poemas, pero fue él quien me enseñó a distinguir lo que era poesía de lo que no lo era.

La poesía es un fuego interior —como la música para el músico y el marxismo para el comunista— o no es nada: algo hueco, convencional y aburrido que sirve para que los pedantes den continuamente la tabarra con sus notas y explicaciones. «Oda a una urna griega» de Keats es un poema dolorosamente bello donde cada sílaba es tan inevitable como la novena sinfonía de Beethoven; no se puede entender de otro modo. Es el poema que es porque un genio se detuvo en un instante de la historia a tocar aquella urna. Debo de haberlo leído cien veces. Fue en la décima lectura, más o menos, cuando empecé a comprender de qué trataba y capté su música y el perfecto mecanismo interno que la producía. Otro tanto cabría decir de «Oda a un ruiseñor», que siempre me hace llorar, de «Isabel y el jarrón de albahaca», con sus extraordinarias estrofas sobre los dos hermanos («Por qué estaban orgullosos», etc.), y de «La víspera de Santa Inés», cuya imaginería es la más rica y sensual de toda la poesía inglesa, sin exceptuar a Shakespeare. Por último, están sus tres o cuatro grandes sonetos, entre ellos «La estrella brillante».

Si lees estos poemas de muy joven, y además estás dotado de cierto oído, es difícil que a partir de ese momento no sepas distinguir el oro de la quincalla en literatura. Los ocho poemas son una referencia, un modelo para todo aquel que quiera realmente saber cómo funciona el lenguaje poético, en qué radica su poder evocador, persuasivo y mágico. Después de leer a Keats, el resto de la poesía te parece, durante algún tiempo, un canturreo o un mero silbido.

Carta a Frances Scott Fitzgerald, 1940

Letters, pp. 105-106

**

Entender de veras la poesía de Blake, Keats, etc., te aportará algo que jamás has soñado. Deberías intentarlo ya.

Carta a Frances Scott Fitzgerald, 1940

Letters, p. 104

**

¿Has leído Papá Goriot o Crimen y castigo, o incluso Casa de muñecas, el evangelio de San Mateo o Hijos y amantes? No lograrás forjar un buen estilo a menos que te empapes de media docena de grandes escritores cada año. Mejor dicho: llegarás a tener un estilo, que no será, sin embargo, una amalgama inconsciente de todos los autores que admires, sino un simple remedo del último que hayas leído; una versión diluida, periodística.

Carta a Frances Scott Fitzgerald, 1940

Letters, pp. 102-103

**

El mayor defecto de tu estilo es la falta de originalidad, algo que tiende a agravarse con los años. Sin embargo fue original en cierta época (como lo demostraba de vez en cuando tu diario). El único modo de alimentar esta cualidad es cultivar tu propio jardín, para lo que solo te valdrá la poesía, que es la forma más depurada del estilo.

Carta a Frances Scott Fitzgerald, 1940

Letters, p. 103

**

Déjame volver a predicar un rato. Lo que hayas pensado y sentido engendrará por sí solo un nuevo estilo. A la gente siempre le extraña un poco encontrarse con uno original, porque cree que el estilo no es más que eso: un modo de escribir tan bonito como convencional, cuando en realidad se trata de expresar una idea nueva con tal fuerza que el estilo llegue a ser tan original como la idea misma.

Carta a Frances Scott Fitzgerald, 1940

The Crack-up, p. 304

**

En una obra cómica, los personajes más interesantes han de ser los primeros en aparecer. Y es que, una vez que un personaje queda retratado como gracioso, todas sus acciones se vuelven cómicas. Por lo menos así sucede en la vida.

Carta a Arnold Gingrich, 1940

The Pat Hobley Story, pp. xvii-xviii

**

A muchos escritores, Conrad entre ellos, les ha beneficiado el hecho de formarse en un oficio totalmente ajeno a la literatura. Así han obtenido abundante material literario y, lo que es más importante, una perspectiva desde la que contemplar la realidad. En gran parte de la literatura actual se echan en falta las dos cosas: los autores no tienen una visión del mundo ni nada en que inspirarse, aparte de la experiencia acumulada en una vida puramente mundana. Sin embargo la gente, por lo general, no vive en playas ni en clubes de campo.

Carta a Frances Scott Fitzgerald, sin fecha

Letters, p. 121

**

Creo que es imposible escribir de manera concisa a menos que uno haya tratado en vano de componer un soneto en pentámetro yámbico, y leído los poemas dramáticos cortos de Browning. Pero esta es solo mi concepción personal del estilo: puede que tengas otra distinta, como Ernest Hemingway en su día. En todo caso, no te habría escrito esta carta tan larga de no haber adivinado un ritmo auténtico bajo la cadencia cantarina de tu prosa. [...] Todavía te falta sinceridad, y por eso el lector se dirá «¿y qué?». Sin embargo, en los raros momentos en que estés dispuesta a contar toda la verdad y no solo lo escandaloso, a revelar el significado profundo de lo ocurrido en un baile de graduación en vez de limitarte a informar al lector de aquel episodio, la sinceridad asomará, y sabrás cómo hacer que hasta un triste lapón sienta lo importante que es una visita a Cartier.

Carta a Frances Scott Fitzgerald, sin fecha

Letters, p. 119

5. Los personajes

Ni siquiera yo sabía qué aspecto tenía Gatsby ni a qué se dedicaba, y tú intuiste las dos cosas. Si lo hubiese sabido y te lo hubiese ocultado, te habría impresionado tanto con mi discurso que no habrías protestado. Esto es difícil de entender, pero estoy seguro de que captarás la idea. [...] Pero ahora sí que lo sé. Como castigo por no haberlo sabido antes que tú, te voy a contar más cosas.

Carta a Max Perkins, 1925

Letters, p. 193

**

Muchísimas gracias por enviarme tu artículo. No hace falta decir que estoy totalmente de acuerdo con tu análisis de Gatsby. El personaje está inspirado, quizá, en un tipo de Minnesota, un hombre de origen rural que conocí y he olvidado, y a quien asocié con cierta idea romántica. Puede que te interese saber que, en un relato titulado «Absolución», que está incluido en All the Sad Young Men [Todos los jóvenes tristes], pensé al principio contar los primeros años de la vida de Gatsby, pero finalmente no lo hice, porque quería mantener el aire de misterio que lo envuelve.

Carta a John Jamieson, 1934

Letters, p. 539

**

De acuerdo con mi teoría, totalmente contraria a la de Ernest, quien sostiene que la creación de un personaje de ficción requiere la síntesis de media docena de personas reales, de acuerdo con mi teoría, digo, o más bien a pesar de ella, te utilicé una y otra vez en Suave es la noche. Por ejemplo, en:

«Tenía un rostro encantador, pero su expresión era dura y había algo en ella que movía a compasión»,

y en:

«Había estado perdidamente enamorado de ella durante años, con un amor que le oprimía el vientre de terror».

En estas frases, y en otras cien más, quise evocar no a ti, sino el efecto que causas en los hombres; las reverberaciones.

Carta a Sara Murphy, 1935

Letters, p. 441

**

Perdona si esta carta tiene un tono dogmático. Llevo tanto tiempo viviendo en este libro y con estos personajes que a menudo tengo la impresión de que el mundo real no existe, de que solo existen ellos. Esto te sonará pretencioso […] pero es la verdad: sus alegrías y sus penas son tan importantes para mí como lo que ocurre en la vida.

Carta a Max Perkins, 1934

Letters, p. 273

**

Huckleberry Finn fue el primero en hacer el viaje de regreso, en mirar hacia la república desde la perspectiva del Oeste. Sus ojos fueron los primeros ojos no extranjeros en mirarnos objetivamente. En la frontera había montañas, pero sus ojos inquietos no se contentaban con ellas: querían indagar en los hombres y en su modo de vivir juntos. Y, como regresó, será nuestro para siempre.

In His Own Time, p. 176

**

No tenía intención de crear a la flapper americana cuando me puse a escribir. Simplemente pensé en varias muchachas que conocía bien y me interesaban individualmente, como personas singulares, así que las convertí en personajes.

In His Own Time, p. 265

**

Uno parte de un individuo y al final se encuentra con que ha creado un arquetipo. Uno parte de un arquetipo y acaba comprendiendo que no ha creado nada.

In His Own Time, p. 480

**

Si la novela me está costando lo indecible es porque aún me encuentro en la etapa inicial, la de crear a los personajes. A la gente la percibo con mucha menos intensidad que antes. Tengo que reunir cientos de impresiones e incidentes dispersos para formar el tejido de una personalidad.

Carta a Zelda Fitzgerald, 1940

Letters, p. 149

**

El director de Colliers me ha pedido que colabore con la revista [...] pero le he dicho que estoy terminando mi novela y que solo le puedo prometer que me lo pensaré. En cualquier caso, me va a costar más trabajo de lo normal, porque me estoy sacando cosas de la cabeza como quien extrae uranio: un gramo por cada tonelada de ideas desechadas. Es una novela flaubertiana: no hay «ideas», sino únicamente personajes que utilizo —individual y colectivamente— para expresar estados de ánimo auténticos, o al menos espero que lo sean.

Se parece a Gatsby más que a ningún otro libro mío.

Carta a Zelda Fitzgerald, 1940

Letters, p. 151

**

La personalidad se define por los actos.

Notas sobre El último magnate, p. 163

6. Consejos para escritores

Pensándolo bien, me parece que no te conviene ampliar tu vocabulario. Cuando sabes un montón de palabras, estas se convierten en una especie de músculo que has desarrollado y estás obligado a utilizar: así, tienes que emplear forzosamente tal o cual palabra para expresarte o criticar a los demás. No está claro quién te castigará más por ello, si los tontos que no saben de lo que hablas o la gente culta que sí te entiende. Pero no hay duda de que te sacudirán, y tendrás que limitarte a la pluma y el papel.

Entonces ya serás escritor, y que Dios tenga piedad de tu alma.

¡No! ¡Mil veces no! Más vale ceñirse a un puñado de expresiones sencillas y comunes, las que han servido a millones de antepasados nuestros y siguen sirviendo a todo el mundo menos a una ínfima minoría. [...]

Así que olvídate de todo cuanto te haya atraído hasta ahora de nuestro complejo código de gruñidos y vuelve a los más elementales, los que han superado la prueba del tiempo.

Carta a Andrew Turnbull, 1932

Letters, pp. 517-518

**

El gran arte surge del desprecio del gran artista por el arte inferior.

The Crack-up, p. 179

**

Uno no escribe porque quiera decir algo, sino porque tiene algo que decir.

The Crack-up, p. 123

**

Cuando un gran escritor quiere describir a una mujer bellísima o un amanecer maravilloso, se da cuenta de que los superlativos han sido desgastados por autores de menor talento. Debería existir una norma que obligara a los malos escritores a empezar por mujeres y amaneceres corrientes para luego, si son aptos para ello, pasar a algo mejor.

The Crack-up, p. 180

**

No te desmoralices si tu relato no tiene éxito. Tampoco te voy a dar ánimos porque sí. Si quieres triunfar tendrás que salvar unos cuantos obstáculos y aprender de la experiencia. Para ser escritor no basta con desearlo. Si tienes algo que decir y crees que nadie lo ha dicho hasta ahora, debes sentir ese algo con la suficiente intensidad para encontrar un modo igualmente original de decirlo. Así, lo que tengas que decir y el modo de decirlo se fundirán tan íntimamente como si hubieses concebido las dos cosas juntas.

Carta a Frances Scott Fitzgerald, 1936

Letters, p. 23

**

En el arte no hay una señal que diga «la seguridad es lo primero».

In His Own Time, p. 46

**

Si tu novela se acaba publicando y tiene éxito, te aconsejo que dejes todos los derechos en sus manos. Te cobrará el diez por ciento, pero, en los dieciséis años que llevo dedicándome profesionalmente a escribir, me ha ahorrado mucho más que ese porcentaje.

Carta a F. B. Kerr, 1936

Letters, p. 297

**

He leído atentamente tu relato, Frances, y me temo que el precio por dedicarse a la escritura es mucho más alto del que, por ahora, estás dispuesta a pagar. Tienes que vender tu corazón, tus sentimientos más vehementes, y no solo las nimiedades que apenas te afectan, esos pequeños incidentes que puedes contar en la cena. Esto es así sobre todo cuando estás empezando en el oficio y aún no has adquirido los trucos que la gente interesante despliega en sus escritos, cuando careces de la técnica que uno tarda mucho en aprender y, en definitiva, solo puedes vender tus emociones.

Así les sucede a todos los escritores. En Oliver Twist, Dickens sintió la necesidad de expresar el ardiente rencor del niño maltratado y muerto de hambre, de narrar las experiencias terribles que habían marcado su infancia. En sus primeros cuentos, los de In Our Time, Ernest Hemingway contó con franqueza todo cuanto había sentido nunca y había aprendido de la vida. En A este lado del paraíso hablé de un amor que aún me sangraba como la herida de un hemofílico.

El aficionado, al observar cómo el profesional, habiendo aprendido todo lo que se puede saber del oficio, toma las inanidades de tres muchachas vagamente descritas y se las arregla para escribir algo fascinante e ingenioso, llega a la conclusión de que es capaz de hacer lo mismo. Pero lo cierto es que no llegará a adquirir la facultad de transferir sus emociones a otra persona más que por un procedimiento radical y desesperado: arrancarse del alma su primer desengaño amoroso y mostrarlo al público.

Ese es, en cualquier caso, el precio de la entrada. Tú decidirás si estás dispuesta a pagarlo, si concuerda con tu idea de lo que es bonito o, por el contrario, es incompatible con ella. Pero es lo mínimo que la literatura, incluida la ligera, exige del principiante. ¿Acaso te interesaría un soldado que sólo fuese un poco valiente?

Carta a Frances Turnbull, 1938

Letters, pp. 601-2

**

P. D.: Si sigues llevando el diario, procura, por favor, no escribir cosas insípidas que podría leer en una guía de diez francos. No me interesan las fechas ni los lugares, ni siquiera la Batalla de Nueva Orleans, a no ser que te susciten observaciones insólitas. Y no intentes ser ingeniosa; si hay ingenio, que sea natural y espontáneo, auténtico.

Carta a Frances Scott Fitzgerald, 1938

Letters, p. 49

**

Cuando cuentes una anécdota, hazlo de tal manera que quienes te escuchan vean a las personas de las que estás hablando.

Carta a Sheilah Graham, 1937

Beloved Infidel, p. 149

**

A propósito, recuerda que los consejos de Harold Ober sólo son buenos hasta cierto punto. Ober representa al «lector medio». De los cuentos que vendí a The Saturday Evening Post, aproximadamente la tercera parte creyó que no me los comprarían. Sus criterios respecto a los libros en sí mismos, como los de todos los agentes, están demasiado condicionados por el dinero, así que no debería pedirle consejo nunca sobre ningún asunto literario. Pero qué duda cabe de que, por lo demás, es un estupendo agente.

Carta a Frances Scott Fitzgerald, 1940

Letters, p. 117

**

Es un trabajo terriblemente solitario y, como sabes, nunca he querido que te dediques a él. No obstante, si te decides a escribir, me gustaría que lo hicieras conociendo ya bien esas cosas que tardé años en aprender.

Carta a Frances Scott Fitzgerald, 1940

The Crack-up, p. 304

7. La crítica

Ya ha salido A este lado del paraíso. De las veinte reseñas, aproximadamente la mitad son más bien favorables; la cuarta parte insinúan que he leído Sinister Street demasiadas veces, y las otras cinco (entre ellas la de The Times) la tachan de artificiosa.

Carta a Edmund Wilson, 1921

Letters, p. 351

**

¿Has conocido a algún escritor que acepte tranquilamente y sin rechistar una crítica negativa justa?

Carta a H. L. Mencken, 1925

Letters, p. 499

**

Para escribir un buen cuento necesito pensar que nadie lo va a querer publicar y que da lo mismo. Preocuparme por los editores es nefasto para mi trabajo. Ya me harán sus reproches más tarde.

Carta a Harold Ober, 1930

Letters, pp. 416-417

**

De ahora en adelante, haz el favor de mandarme recortes de periódicos [...]. Prefiero eso a que me cuentes lo que una serie de amargados, en el mundo literario, han dicho de mí en sus libros. Me han atacado algunos expertos, incluido yo.

Carta a Frances Scott Fitzgerald, 1940

Letters, p. 88

**

En los últimos quince años me han comparado con Homero y con Harold Bell Wright, así que es normal que sufra delirium tremens ante los críticos profesionales: los tipos sin carácter que babean de entusiasmo porque se lo han visto hacer a otros; los lerdos que siempre confunden lo peor que has escrito con lo mejor, y a la inversa; pero sobre todo los cobardes que no quieren mojarse y las sanguijuelas que recurren en sus críticas a palabras e ideas que han sacado de tu libro, como estudiantes con bula para interrumpir con comentarios molestos al profesor. Sin embargo, siempre que he publicado un libro ha habido dos o tres personas —a menudo desconocidas— capaces de ver lo que me había propuesto desde el punto de vista literario, de apreciarlo y reconocer en qué medida lo había logrado.

Carta a Michael Dodge Luhan, 1934

Letters, p. 531

**

Me acerco así a mi propósito principal: infundir a los lectores de esta novela un saludable escepticismo frente a la crítica actual. En cualquier oficio uno puede permitirse llevar una coraza de amor propio, sin caer en la vanidad. Uno solo cuenta con su orgullo: si deja que lo hiera alguien que tiene una docena más de orgullos que herir antes del almuerzo, se está condenando a sufrir infinidad de disgustos que el profesional curtido ha aprendido a ahorrarse.

In His Own Time, pp. 155-156

**

El genio crea un universo lo bastante poderoso para sustituir, en la mente de ciertas personas sensibles, el mundo que habían conocido hasta ese momento y que de inmediato les resulta tan real como el anterior. Es una trivialidad decir que el crítico sólo puede describir la intensidad de su reacción ante una obra de arte.

In His Own Time, pp. 138-139

**

No entiendo que nadie pueda asumir la responsabilidad de escribir novelas sin tener una idea concreta de la vida. Y me horroriza que un crítico sea capaz de adoptar, en apenas unas horas, un punto de vista que abarca doce aspectos diferentes de la vida social y que se cierne amenazador sobre la atroz soledad del joven escritor.

Una mujer que apenas podría escribir una carta coherente en inglés ha dicho de este libro que leerlo es como ir al cine de la esquina. Multitud de escritores jóvenes reciben críticas así; nadie aprecia el mundo imaginario en el que, con mayor o menor éxito, el escritor ha tratado de vivir.

In His Own Time, p. 156

8. Fitzgerald como crítico

—Un clásico —propuso Anthony— es un libro de éxito que ha sobrevivido a la reacción del tiempo o a la generación inmediatamente posterior a su aparición. Entonces se afianza como un estilo arquitectónico o de mobiliario. Ha cobrado así una dignidad pintoresca que pasa a ocupar el lugar de la moda…

The Beautiful and Damned, p. 47

**

—[…] no soy realista —dijo él, y añadió—: no; solo el romántico conserva las cosas que merecen ser conservadas.

The Beautiful and Damned, p. 73

**

Como la mayor parte de lo que escribo, la obra de teatro es pésima y está llena de cosas estupendas.

Carta a George Jean Nathan, 1922

Letters, p. 489

**

Aún no sé si Ulises tiene algo que ver conmigo. Esto es lo más parecido a un juicio objetivo del que soy capaz.

Carta a Edmund Wilson, 1922

Letters, p. 364

**

Te escribo para hablarte de un joven llamado Ernest Hemingway que vive en París (es americano), colabora con Transatlantic Review y tiene un porvenir brillante. […] Yo que tú le echaría un vistazo enseguida. Es extraordinario.

Carta a Max Perkins, 1924

Letters, p. 187

**

Mi nueva novela, El gran Gatsby, sale a finales de marzo. Le he dedicado alrededor de un año, y creo que es lo mejor que he escrito con mucha diferencia. En ella he prescindido totalmente, sin contemplaciones, del ingenio áspero que considero mi mayor defecto como escritor, pues distrae de lo esencial y desfigura mis libros, por más que de tarde en tarde suscite una risa sardónica. Me parece que la novela está bien como está. Quería llamarla Trimalchio (está ambientada en Long Island), pero Zelda y todos los demás me disuadieron.

Carta a Ernest Boyd, 1925

Letters, p. 497

**

¡Lo que he suprimido —física y emocionalmente— de El gran Gatsby daría para otra novela!

In His Own Time, p. 156

**

Si supiese algo sería el mejor escritor americano.

Carta a Max Perkins, 1926

Letters, p. 222

**

Creo que no hay duda de la altísima consideración en que te tengo como artista: eres, a excepción de unos cuantos escritores muertos o moribundos, el único autor de ficción en Estados Unidos que admiro de verdad. Hay pasajes en tus libros que me da por leer una y otra vez; de hecho me abstuve de ello durante un año y medio por temor a contagiarme de la singular cadencia de tu prosa.

Carta a Ernest Hemingway, 1934

Letters, p. 336

**

Lo leí con una fascinación involuntaria que no había sentido desde que Conrad dirigiera mi mirada renuente hacia el mar por primera vez.

Afternoon of an Author, p. 120

**

Ella había escrito un libro sobre el optimismo titulado Wake Up and Dream [Despierta y sueña], que tenía el resplandor antiguo y bello de una media verdad: omitía la enfermedad y la muerte, la guerra, la locura y el heroísmo con una actitud despreocupada que seducía al lector. También había escrito una novela muy floja y, más tarde, un libro donde explicaba a sus amigos cómo se escribe una novela; así que iba camino de convertirse en una profeta de la gran tradición americana.

The Crack-up, p. 178

**

En cuanto a las novelas con unos pocos episodios bien elegidos habría que decir lo siguiente:

Un gran escritor como Flaubert omite a propósito lo que un escritor mediocre (Zola en este caso) cuenta de inmediato. Flaubert nada más habla de lo que solamente él es capaz de ver. De ahí que Madame Bovary se convierta en una obra inmortal y Zola, en cambio, se tambalee con la edad.

Esa es, en resumidas cuentas, la crítica que te hago, si es que me puedo permitir tal cosa, ya que te admiro profundamente y creo que tu talento no tiene igual en este país ni en ningún otro.

Carta a Thomas Wolfe, 1937

Letters, p. 574

**

Me fascinó el libro de Marjorie Rawlings. Creo que es aún mejor que South Moon Under. Envidio la facilidad con la que escribe los episodios de acción, como ese tan complicado de la caza, que yo me habría guardado de escribir, sabiendo que seguramente me iba a salir forzado. En su caso todo fluye con naturalidad; los personajes piensan, hablan, sienten ininterrumpidamente, y el lector con ellos.

Carta a Max Perkins, 1938

Letters, p. 304

**

Leí Lo que el viento se llevó, lo digo en serio. Es una buena novela, aunque no demasiado original: se apoya mucho en Cuento de viejas, La feria de las vanidades y todo lo que se ha escrito sobre la Guerra de Secesión. No ofrece personajes ni técnicas ni observaciones nuevas (ninguno de los elementos creadores de literatura), ni tampoco una indagación original de los sentimientos humanos. Por otro lado es interesante, sorprendentemente honesta y coherente, y está escrita con pericia. No la desprecio ni mucho menos; solo siento algo de lástima por los que la consideran el mayor logro de la inteligencia humana.

Carta a Frances Scott Fitzgerald, 1939

Letters, p. 69

**

Haz el favor de no dejar los grandes libros a medio leer; de lo contrario no sacarás ningún provecho de ellos, los estropearás para ti. Hiciste mal en empezar Guerra y paz, que es un libro de hombres y tal vez te interesará más adelante. Pero deberías terminar los de Defoe y Samuel Butler. No te puedes permitir desperdiciar las obras maestras; ¡no hay muchas!

Carta a Frances Scott Fitzgerald, 1939

Letters, pp. 67-68

**

Me parece muy certero tu comentario sobre el carácter satírico de las novelas inglesas. Si quieres un antiinflamatorio, lee Casa desolada (el mejor libro de Dickens); si quieres explorar el mundo emocional —no ahora, sino dentro de unos años—, te sugiero Los hermanos Karamázov. Entonces verás de lo que es capaz la novela / hasta dónde se puede llegar en la novela. Por lo demás, me alegro de que te guste Butler. A mí me encanta el pasaje donde el padre de Ernest «se dio la vuelta para ocultar que no sentía nada». Dios mío, cuánta precisión en el odio hay en esa frase. Ya me gustaría destruir con tal maestría a las pocas personas que aborrezco.

Carta a Frances Scott Fitzgerald, 1939

Letters, p. 69

**

Una novela me puede interesar por cualquiera de estas dos razones: que sea completamente original y sincera, como La roja insignia del valor […], o que esté escrita por un autor de extraordinario talento, como Mark Twain o Booth Tarkington. Una gran novela reúne los dos elementos.

In His Own Time, p. 127

9. El mundo editorial

Quiero que la encuadernación y la tipografía de El gran Gatsby sean idénticas a las de mis otros libros. De la cubierta hemos hablado ya. Lo que no quiero esta vez son frases elogiosas en la cubierta: ni de H. L. Mencken ni de Sinclair Lewis ni de Sidney Howard ni de nadie. Estoy harto de ser el autor de

A este lado del paraíso; me gustaría empezar de cero.

Carta a Max Perkins, 1924

Letters, p. 188

**

Me deja perplejo lo que me cuentas de Gertrude Stein. Creía que los críticos y los editores tenían, entre otras funciones, la de educar al público, enseñándole a apreciar lo nuevo en literatura. Los primeros editores que se atrevieron a publicar a Conrad no lo hicieron, desde luego, por razones comerciales. ¿Es que las obras insólitas dejaron de aceptarse hace veinte años?

Carta a Max Perkins, 1924

Letters, p. 189

**

Si el libro resulta un fracaso comercial será por una de estas razones, o por las dos:

La primera, que el título solo es pasable, o más bien malo.

La segunda y más importante, que no hay ningún personaje femenino destacado, cuando los mayores compradores de novelas son mujeres. No creo que el final triste importe demasiado.

**

Propuesta para texto de cubierta: «Muestra cómo ha evolucionado desde sus alegres relatos sobre la juventud, que inventaron un nuevo tipo de chica americana, hasta la actitud grave de la que ha surgido El gran Gatsby y que lo ha situado entre la media docena de maestros de la narrativa americana actual. […] ¿Qué otro escritor ha sufrido una evolución tan inesperada, ha demostrado tal versatilidad?, etc., etc., etc.». Creo que, si moderas el tono donde te parezca oportuno, el texto vendría a ser así. No digas «¡Fitzgerald lo ha logrado!» y, en la siguiente frase, que soy un artista. A la gente a la que le interesan los artistas no le interesan los que «lo han logrado»; las dos frases están bien, pero no pueden ir juntas. Pero esto es una pega de escritor. Todos los escritores tienen alguna.

En cualquier caso, siempre me has sido de gran ayuda (dejando aparte la memorable cagada de Black en Alumni Weekly, ¿te acuerdas?: «¡Disfruta de la Navidad con Fitzgerald!»), así que lo dejo a tu criterio.

Carta a Max Perkins, 1925

Letters, p. 211

**

Procura no decir que es mi primer libro en siete años, lo que haría suponer que le he dedicado siete años de trabajo. La gente se esperaría una obra muy larga y ambiciosa.

Nada de frases grandilocuentes del tipo «Por fin, el libro largamente esperado, etc.», que solo hacen que la gente se ilusione.

Carta a Max Perkins, 1933

Letters, p. 262

**

Hoy por hoy, las frases elogiosas que se ponen en las cubiertas de los libros no son más que patrañas; pero puede que este sea solo el punto de vista de un escritor y que el lector corriente no se dé cuenta del intercambio de favores que hay detrás de la mayoría de ellas. No obstante, dejaré el asunto en tus manos.

Carta a Max Perkins, 1933

Letters, pp. 261-262

**

No es descabellado suponer que este estado de cosas, en el que solo los libros elegidos como Libro del Mes pueden llegar a un público amplio, durará para siempre. Es probable que las librerías locales, exceptuando la tuya y Brentano's, se queden tan anticuadas como las películas mudas. Por lo pronto, las cadenas de librerías y los grandes almacenes, donde uno compra, junto con los libros, artículos de lo más diversos, parecen condenar a las librerías independientes a la situación en que ya están en Baltimore, donde […] solo se las puede comparar con las tiendas de antigüedades.

Carta a Max Perkins, 1934

Letters, pp. 269-270

**

En cuanto a la publicidad de Suave es la noche, quiero insistir en mi teoría de que las campañas aparatosas no le hacen el menor efecto a nadie. […] La reputación de un libro tiene que surgir del libro en sí mismo, de manera natural. No creo que esta novela tenga nada que ver con El gran Gatsby desde el punto de vista comercial. El gran Gatsby tenía el doble inconveniente de su extensión y de atraer exclusivamente al lector masculino. Este libro, en cambio, es para mujeres; creo que, con un poco de suerte, se abrirá camino solo, dentro de las posibilidades comerciales que tiene la narrativa en el panorama actual.

Carta a Max Perkins, 1934

Letters, p. 273

**

Por regla general desapruebo, como sabes, la publicidad estrepitosa y hasta la exhibición de las alabanzas tantas veces citadas. La gente está muy, muy, muy cansada de que le den gato por liebre, y eso acaba perjudicando, inevitablemente, a los productos de calidad.

Carta a Max Perkins, 1934

Letters, p. 266

10. La vida de escritor

La historia de mi vida es la historia de la pugna entre mi ferviente deseo de escribir y una serie de circunstancias que conspiraron para impedírmelo.

Cuando tenía unos doce años y vivía en Saint Paul, me pasaba todas las clases del colegio escribiendo en las hojas de atrás de los libros de geografía y de primer curso de latín, en los márgenes de las lecciones y las listas de declinaciones y los problemas matemáticos. Dos años después, mi familia, reunida, decidió que el único modo de obligarme a estudiar era mandarme a un internado. Aquello fue un error: me hizo olvidarme de la escritura. Decidí jugar al fútbol, fumar, ir a la universidad, hacer todo tipo de cosas superfluas que nada tenían que ver con lo esencial de la vida: saber combinar bien las descripciones y los diálogos en un cuento.

En la universidad, sin embargo, cambié de rumbo. Después de ver un musical titulado The Quaker Girl [La muchacha cuáquera], mi mesa se empezó a llenar de libretos de Gilbert y Sullivan y cuadernos donde iba esbozando docenas de operetas.

En mi primer año en Princeton me dediqué de lleno a escribir una para el Triangle Club, lo que me llevó a suspender en álgebra, trigonometría, geometría e higiene. Pero la compañía aceptó el texto, y, tras asistir a clases en medio de un calor sofocante durante todo el mes de agosto, conseguí pasar de curso.

Al comienzo del siguiente año académico, 1916-17, ya me había convencido de que la poesía era lo único que valía la pena: obsesionado con los metros de Swinburne y los temas de Rupert Brooke, me pasé la primavera componiendo sonetos, baladas y rondeles, escribiendo hasta altas horas de la noche. Había leído que todos los grandes poetas escribían grandes poemas antes de los veintiún años: apenas me quedaba un año y, además, la guerra era inminente. Tenía que publicar un poemario rompedor antes de que el mundo me tragara.

En el otoño ingresé en un campamento de instrucción para soldados de infantería en Fort Leavenworth. Descartada la poesía, ahora abrigaba una nueva ambición: escribir una novela inmortal. Así que todas las tardes, con el cuaderno escondido debajo del manual del soldado, iba escribiendo, párrafo tras párrafo, una versión algo recortada de la historia de mi vida y mi imaginación. […]

Los sábados, a la una de la tarde, cuando terminaba la semana de instrucción, me iba corriendo al club de oficiales, y allí, en un rincón de una sala cargada de humo, rodeado por el runrún de las conversaciones y el crujido de las hojas de los periódicos, me dedicaba a escribir lo que acabó siendo una novela de ciento veinte mil palabras. Invertí en la tarea todos los fines de semana por espacio de tres meses. No corregí nada porque no tenía tiempo. Nada más terminar un capítulo se lo enviaba a una mecanógrafa de Princeton.

Vivía en aquellas páginas emborronadas a lápiz. Los ejercicios militares, los desfiles y el manual del soldado no eran más que un sueño confuso. Estaba totalmente absorto en mi libro.

Cuando me incorporé al regimiento estaba feliz: había escrito una novela. La guerra podía continuar. Me olvidé de párrafos y pentámetros, de símiles y silogismos, ascendí a teniente primero y fui destinado al extranjero. Entonces me escribieron las editoriales comunicándome que, si bien The Romantic Egotist era el manuscrito más original que habían recibido en años, no podían publicarlo: estaba sin pulir, y además no llegaba a ninguna conclusión.

Seis meses más tarde llegué a Nueva York. […] Me convertí en publicitario. Ganaba noventa dólares al mes y mi trabajo consistía en idear los eslóganes que la gente, en los pueblos, se entretiene leyendo durante los pesados viajes en tranvía. En mis ratos libres escribía cuentos: llegué a terminar diecinueve entre los meses de marzo y junio. El que menos tardé en escribir me ocupó una hora y media; el que más, tres días. Nadie los compró, nadie me mandó ni siquiera una carta personal. Tenía ciento veintidós notas de rechazo clavadas a modo de friso en las paredes de mi cuarto. Escribí guiones cinematográficos, letras de canciones, planes publicitarios, poemas, historietas, chistes. A finales de junio vendí un cuento por treinta dólares.

El 4 de julio, asqueado con todos los editores y conmigo mismo, regresé a Saint Paul y les comuniqué a mi familia y a mis amigos que había dejado mi trabajo y que volvía a casa a escribir una novela. Asintieron educadamente, cambiaron de tema y se pusieron a hablar de mí con mesura. Pero esta vez sabía lo que tenía que hacer: a lo largo de dos calurosos meses, escribí, corregí y podé la novela. El 15 de septiembre, una editorial aceptó el manuscrito de *A este lado del paraíso*.

Afternoon of an Author, pp. 83-85

**

Aturdido, le dije a la editorial Scribner que no esperaba vender más de veinte mil ejemplares de mi novela. Cuando se apagaron las risas, me respondieron que cinco mil era una cifra estupenda para una primera novela. Una semana después de haber salido el libro, si no recuerdo mal, ya llevaba vendidos más de veinte mil, pero me tomaba a mí mismo tan en serio que aquello no me pareció gracioso.

El período de ensueño terminó bruscamente al cabo de dos semanas, cuando Princeton empezó a atacar la novela: no fueron los estudiantes, sino los profesores y los antiguos alumnos, reunidos en siniestro aquelarre.

The Crack-up, p. 88

**

Y entonces, de pronto, todo cambió. Este artículo trata del primer vendaval del éxito y de la deliciosa bruma que trae consigo. Es un período breve pero inapreciable, porque, al cabo de unas semanas o unos meses, esa bruma se despeja y uno se da cuenta de que lo mejor ha pasado ya. [...]

El día que el cartero llamó a la puerta, dejé el trabajo y me puse a correr por la calle, deteniendo los coches que pasaban para contarles a mis amigos y conocidos la buena nueva: una editorial había aceptado publicar mi novela *A este lado del paraíso*. Esa semana el cartero volvió a llamar muchas veces, y yo pagué esas pequeñas deudas de pesadilla, me compré un traje y desperté todas las mañanas poseído por un sentimiento inefable, mezcla de seguridad en mí mismo e ilusión ante el futuro.

Mientras esperaba a que saliera la novela, comencé a transformarme de aficionado en profesional: toda mi vida se empezó a organizar en torno al trabajo de escritor, de modo que, nada más terminar un libro, había que ponerse a escribir otro. [...] Ahora, en octubre, ya era un profesional, y, mientras paseaba con una chica entre las lápidas de un cementerio del sur, la fascinación por algunas cosas que ella decía y sentía se entreveraba con la ansiedad de incorporarlas a un relato.

The Crack-up, p. 86

**

Me apasionan los libros, pero no hay ninguno disponible. Escribí el mío (lo mismo que Stevenson escribió La isla del tesoro) para satisfacer mi ansia de cierto tipo de novela.

Carta a Shane Leslie, 1918

Letters, p. 398

**

Mi último cuento publicado, «The Four Fists» [Los cuatro puños], fue el primero que escribí. Lo hice en una tarde, desesperado, porque tenía una enorme pila de cartas de rechazo y necesitaba dinero: había que darle a la revista lo que quería. Me asombra de veras que haya gustado tanto.

Carta a John Grier Hibben, 1920

Letters, p. 481

**

Sin embargo, como saben, me tomo verdaderamente en serio este oficio. Si escribo es por algo más que el dinero. […] No me importaría ganar menos con tal de seguir cumpliendo el único deber del escritor honrado: contar la vida con la mayor elegancia de la que sea capaz.

Carta a Philip McQuillan y su mujer, 1920

Letters, p. 484

**

No quiero hablar de mí, porque reconozco que ya lo hice en este libro. Escribirlo me ocupó tres meses; concebirlo, tres minutos; y recopilar la información necesaria, toda mi vida. El 1 de julio se me ocurrió la idea de escribirlo, como una forma de distracción alternativa.

Carta a la Asociación de Libreros, 1920

Letters, p. 477

**

Espero que Wigham haya regresado ya de París para que pueda comprar este nuevo relato. La historia que cuento me viene obsesionando desde hace dos años y no se parece a nada que haya leído hasta ahora, lo que es, sin duda, un inconveniente para el público americano, que prefiere los mismos caramelos de siempre. […] Creo que uno no se puede quedar quieto: hay que avanzar o retroceder, y en «Una chica popular» no hice sino volver a un tema que ya había tratado en otra época, pero sin llegar a transmitir ese tono alegre. Pero ojalá un productor compre el cuento.

Carta a Harold Ober, 1921

As Ever, Scott Fitz., p. 34

**

Es algo desalentador que un cuento facilón como «Una chica popular», que escribí en una semana y estando mi mujer de parto, me reporte 1.500 dólares, mientras que otro verdaderamente original como «Un diamante tan grande como el Ritz», en el que invertí tres semanas y tanto entusiasmo, no me da ni un céntimo. Pero el caso es que, gracias a Dios y a Lorimer, voy a ganar una fortuna.

Carta a Harold Ober, 1922

As Ever, Scott Fitz., p. 34

**

—¡Estás loca! De acuerdo con tus propias palabras, yo tendría que haber adquirido experiencia por el hecho de intentarlo.

—¿De intentar qué? —gritó Mary, furiosa—. ¿Atravesar la oscuridad del idealismo político con un estrafalario y desesperado impulso hacia la verdad? ¿Pasar los días sentado en una silla incómoda, infinitamente alejado de la vida, contemplando la punta de un chapitel que asoma entre los árboles, e intentar separar de una vez por todas lo cognoscible de lo incognoscible? ¿Tomar un fragmento de la realidad y hacerlo atractivo con los recursos de tu alma para suplir esa cualidad inefable que poseía en la vida y ha perdido al ser trasladado al papel o al lienzo?

The Beautiful and Damned, p. 156

**

—[…] cuando me fuerzo a escribir, se apodera de mí un nerviosismo que debe de ser como el del cazador ante la pieza; una profunda inseguridad literaria. Pero los días en que me siento incapaz de escribir no son los peores. Lo peor es preguntarse si vale la pena escribir nada.

The Beautiful and Damned, p. 188

**

En cualquier caso tengo listo un buen libro de cuentos que saldrá en otoño. Ahora voy a escribir una serie de cuentos baratos, hasta ganar suficiente dinero para poder centrarme en mi siguiente novela. Una vez terminada y publicada, esperaré a ver qué pasa. Si puedo vivir del dinero que me dé, evitándome así los períodos de escribir basura, entonces me dedicaré de lleno a las novelas. Si no, lo dejaré todo, volveré a casa y luego me trasladaré a

Hollywood a aprender el negocio del cine.

Carta a Max Perkins, 1925

Letters, p. 201

**

Nada que contar, salvo que ahora cobro 2.000 dólares por cuento y que son cada vez peores. Sueño con llegar a una situación en la que no tenga necesidad de escribir más que novelas.

Carta a John Peale Bishop, 1925

Letters, p. 380

**

Detesto escribir cuentos, como sabes, y si hago los seis de rigor cada año es solo porque así tengo libertad para escribir tranquilamente mis novelas.

Carta a Robert Bridges, de la editorial Scribner's, 1926

Letters, p. 229

**

He visto a demasiados escritores caer en la eterna trampa de intentar engañar a su público, sea cual sea, con sucedáneos; así que más vale dejar pasar cuatro años. Escribí mucho de joven, y ahora voy más lento, pero lo cierto es que la novela, mi novela sería muy distinta si la hubiese terminado a toda prisa hace un año y medio.

Carta a Max Perkins, 1930

Letters, p. 245

**

Ford Madox Ford dijo una vez: «Henry James fue el mejor escritor de su tiempo, y por tanto, para mí, el mejor hombre». Esto es lo único que quería decir con superioridad. T. S. Eliot me parece un hombre extraordinario. [...] La vida del artista es terriblemente ardua, solo comparable, a mi juicio, con la del soldado en tiempos de guerra. Soy sencillamente incapaz de profesar al empresario y al profesor la admiración que reservo para otras ocupaciones, y creo que la gente coincide conmigo en esto. De la época isabelina no recordamos más que a dos «personas de acción» —la reina y Drake, es decir, una gobernante y un capitán de fragata—, frente a Bacon, Sidney, Shakespeare, Marlowe, Jonson, Raleigh. Dirás que esto se debe a que la historia la escriben los escritores; pero me parece que hay otras causas.

Carta a la mujer de Bayard Turnbull, 1933

Letters, p. 454

**

A nadie le gusta encontrarse con una mente más ágil que la suya, ni más dotada para verbalizar sus operaciones. Esa mente superior casi es necesario ocultarla. La historia de la inteligencia humana es la historia de cómo se oculta hasta que la gente la pide a gritos y hay que ponerla a funcionar. [...]

Tener la boca cerrada es tarea difícil como pocas, pero vale la pena, ya que la mayoría de las cosas valiosas de la vida las aprende uno en los períodos de silencio forzoso.

Carta a Andrew Turnbull, 1933

Letters, p. 253

**

A fin de cuentas, Max, soy un escritor premioso. Una vez le comenté a Ernest Hemingway que, en contra de lo que se decía por entonces, yo era la tortuga y él, la liebre. Todo lo he conseguido, en efecto, a costa de un esfuerzo prolongado; en cambio Ernest tiene un talento fuera de lo común que le permite hacer cosas extraordinarias sin la menor dificultad. A mí me falta soltura. Es verdad que no me cuesta trabajo hacer literatura barata, pero no es eso lo que me interesa. [...] cuando decidí ser un escritor serio, empecé a sudar tinta por cualquier detalle, hasta convertirme en el lento behemoth que soy ahora, y que seguiré siendo el resto de mi vida.

Carta a Max Perkins, 1934

Letters, p. 272

**

Casi siempre es una delicia sacar a la luz lo que uno tiene en la cabeza. Sería interesante, quizá, relacionar esta afirmación con el artículo que publicó Ernest en el número de Esquire del mes pasado: una idea inexpresada suele ser un tormento; pero, por otro lado, al expresarla se arriesga uno a romper la continuidad de sus pensamientos.

Carta a Max Perkins, 1934

Letters, p. 282

**

Es inútil que intente escribir deprisa. Ni siquiera en los años 24, 28, 29, 30, cuando me dedicaba exclusivamente a los relatos, fui capaz de escribir al año más de ocho o nueve que pudieran venderse caros. Me es sencillamente imposible, porque todos mis cuentos están concebidos como novelas y tienen que partir de una emoción y una experiencia singulares, de modo que, cada vez que se publica uno, mis lectores —si los hay— sepan que van a encontrarse con algo original no en cuanto a la forma, sino en cuanto al contenido. (Me convendría mucho más seguir siempre el mismo esquema, pero el caso es que no puedo. Ojalá fuera capaz de concebir una serie de cuentos como los de Josephine o Basil: así podría ir más deprisa y ganar 3.000 dólares. Si alguna vez consigo librarme de las deudas, me gustaría intentar escribir una segunda obra de teatro. Puede que asombrara a todos dando rienda suelta a mi talento para lo vulgar).

Carta a Harold Ober, 1935

Letters, p. 420

**

El ático era como los de las novelas victorianas: un lugar agradable, con los rayos de luz del atardecer proyectándose sobre pilas y pilas de revistas […] y varias docenas de álbumes de fotos y de recortes, y libros para niños y sobres grandes con cosas sin archivar […].

—Esto es el botín —dijo el escritor con tono lúgubre—. Esto es lo que uno tiene en lugar de una cuenta saneada.

Afternoon of an Author, p. 188

**

Aunque Ring Lardner fuera cortándolo más y más hacia dentro, su pastel seguía teniendo exactamente el mismo diámetro que el diamante de Frank Chance.

Esa era su gran limitación como escritor: un inconveniente que, a buen seguro, le iba a causar problemas más adelante. Mientras permaneció en su parcela, los resultados fueron magníficos: acertó a transmitir cabalmente las voces que oía dentro. Sin embargo, cuando todo aquello —como era inevitable — dejó de interesarle, ¿qué le quedaba?

The Crack-up, p. 36

**

Ring Lardner nunca estuvo totalmente convencido de que la habilidad atlética fuese lo más importante de todo; el problema es que no supo encontrar nada más admirable. Imagina lo que supone concebir la vida como un bello ejercicio de coordinación muscular —levantarse, esforzarse, descansar, sudar, bañarse, comer, amar, dormir—, y tratar luego de aplicar ese criterio al terrible caos que es la vida, en la que nada, ni siquiera las grandes ideas y hazañas, se logra a no ser siguiendo caminos irregulares, tortuosos: entonces comprenderás el desconcierto que sintió Ring al salir del estadio.

The Crack-up, p. 37

**

Parecía tan bello ser un escritor de éxito: nunca llegarías a ser tan famoso como una estrella de cine, pero el renombre que alcanzaras seguramente duraría más; nunca llegarías a tener el poder de un hombre con profundas convicciones políticas o religiosas pero gozarías de mayor independencia. Estabas condenado a una insatisfacción perpetua en el ejercicio de tu oficio; pero a mí, por lo menos, no se me habría ocurrido elegir ningún otro.

The Crack-up, pp. 69-70

**

Ahora, por fin, soy solo un escritor. La persona que siempre me había empeñado en ser se convirtió en una carga tan molesta que me deshice de ella sin el menor remordimiento [...]. Dejemos que la gente de bien cumpla con su papel, que los médicos demasiado atareados mueran trabajando. [...] En eso consiste su pacto con los dioses. Un escritor no tiene por qué abrigar esos ideales a menos que quiera, y este escritor ha desistido. El viejo sueño de convertirse en un hombre completo en la tradición de Goethe, Byron y Shaw, aunque con un elemento de opulencia americana —es decir, una mezcla de J. P. Morgan, Topham Beauclerk y San Francisco de Asís—, ha acabado en el vertedero junto a las hombreras que me puse un solo día para jugar al fútbol en mi primer año en Princeton, y a la gorra fabricada en el extranjero que nunca llevé en el extranjero.

The Crack-up, pp. 83-84

**

En otros tiempos, mi felicidad a menudo se aproximaba a un éxtasis tal que no podía compartirla con nadie, ni siquiera con la persona que más quería: tenía que pasear esa dicha por calles y caminos tranquilos, y apenas unos fragmentos de ella se reflejaban en pequeñas frases dispersas en mis libros.

The Crack-up, p. 80

**

Los libros son como hermanos. Yo soy hijo único. Gatsby es mi hermano mayor imaginario; Amory, el menor; Anthony, mi gran preocupación; y Dick, el hermano bueno. Pero todos están lejos de casa. Cuando tenga el valor de encender la vieja luz blanca en el hogar de mi corazón, entonces...

The Crack-up, p. 176

**

El afán de gloria, combinado con la incapacidad para soportar la monotonía que esta impone, condena a muchos al manicomio. La gloria es fruto del ejercicio continuo, rutinario de un talento excepcional.

The Crack-up, p. 197

**

La obra de teatro se estrenó en noviembre en Atlantic City. Fue un fracaso colosal: algunos espectadores se marcharon, y a otros se les oía manosear sus programas de mano y cuchichear aburridos. Terminado el segundo acto, quise parar la función y decir que todo había sido un error, pero los actores mantuvieron el tipo hasta el final.

Afternoon of an Author, pp. 93-94

**

Tengo treinta y seis años. En los últimos dieciocho, salvando un corto período durante la guerra, escribir ha sido mi principal interés en la vida. Me considero un profesional en todos los sentidos.

Sin embargo, aún hoy, cuando oigo el grito acostumbrado de «¡La niña necesita zapatos!» y me siento frente al bloc y los lápices afilados, me invade una sensación de impotencia total. Puede que escriba un cuento en tres días o, lo que es más frecuente, que tarde seis semanas en lograr algo digno de ser enviado a un editor. Es posible que encuentre mil tramas posibles en un libro de derecho penal, o que escuche, en una sala de espera o una cocina, una serie de confidencias que otros escritores sabrían convertir en relatos imperecederos. Pero nada de eso me sirve, ni siquiera para un falso comienzo.

Afternoon of an Author, p. 131

**

Hace poco estaba bloqueado. Tenía tantos comienzos descartados que llegué a pensar si no estaría acabado como escritor; y mi vida personal era aún más calamitosa. Entonces le pregunté a un anciano negro de Alabama:

—Tío Bob, cuando las cosas te van tan mal que parece que no hay salida, ¿qué es lo que haces?

—Cuando las cosas me van así de mal, señor Fitzgerald —dijo—, me dedico a trabajar.

Fue un buen consejo. El trabajo lo es casi todo, en efecto. No obstante, estaría bien saber distinguir el trabajo útil del simple esfuerzo. Quizá esto —aprender a diferenciar las dos cosas— forme parte del trabajo mismo. Quizá saque algún provecho de mis frecuentes carreras solitarias alrededor de la pista.

Afternoon of an Author, p. 135

**

—Oh —dijo Helen Earle en tono educado pero indiferente—, debe de ser maravilloso dedicarse a escribir. Parece tan interesante.

—Tiene sus ventajas —dijo él [...] aunque en realidad venía pensando desde hacía años que era una vida perra.

Afternoon of an Author, p. 199

**

A los escritores, por lo general, no nos queda más remedio que repetirnos. Esa es la verdad. Tenemos dos o tres experiencias extraordinarias e intensas en la vida: tan extraordinarias y tan intensas que, en el momento de vivirlas, nos parece imposible que nadie haya sentido nunca nuestro asombro ni nuestra fascinación, ni que haya sido golpeado y destruido y salvado e iluminado como nosotros.

Entonces aprendemos el oficio, algunos mejor que otros, y contamos las mismas dos o tres historias —bajo disfraces distintos— diez veces, quizá cien, siempre y cuando la gente esté dispuesta a escucharnos.

Afternoon of an Author, p. 132

**

El verano pasado ingresé en un hospital con fiebre muy alta y un diagnóstico provisional de tifus. Entonces no andaba mejor de dinero que tú, querido lector. Tenía que haber escrito un cuento para pagar mis deudas, y además me preocupaba no haber hecho testamento. [...] Seguí maldiciendo mi suerte, porque en un momento tan decisivo tenía que pasar dos semanas en la cama, oyendo a las enfermeras hablarme como a un bebé y sin poder escribir nada: perdiendo el tiempo, en definitiva. Sin embargo, a los tres días de recibir el alta ya había terminado un cuento sobre un hospital.

Ese cuento se había ido gestando en mi cabeza sin yo saberlo. Me moría de impaciencia y de miedo, y todos mis sentidos estaban avivados: no hay mejor manera de acumular material para un relato.

Afternoon of an Author, p. 132-133

**

Algún día escribiré sobre las calamidades que me condujeron al terrible estado en que me encontraba en Navidades. Un escritor que no escribe es casi como un maníaco encerrado en sí mismo.

Carta a Eben Finney y su mujer, 1937

Letters, p. 569

**

Siempre transijo con el fracaso (a fin de cuentas, la vida está llena de complicaciones). Lo que no tolero de ninguna manera es la falta de esfuerzo.

Carta a Frances Scott Fitzgerald, 1938

Letters, p. 59

**

Nada hay tan vanidoso como la costumbre americana de etiquetar a uno de tus cuatro hijos como «el artista» [...], como si la proporción de personas que prueban a dedicarse a este horrible oficio fuese de una por cada cuatro. Es más bien de una por cada cuatrocientas mil. Para ser artista hay que combinar el egocentrismo de un demente con la claridad de pensamiento de un Flaubert. El talento o, mejor dicho, la destreza desempeña un papel mínimo en esa larga lucha que, en el mejor de los casos, se resuelve con el rápido agotamiento del artista. ¿A quién le gustaría perdurar como Kipling, con un nombre que ya no le pertenece, con la cáscara vacía de un don aceptado y consumido hace mucho tiempo?

Carta al juez John Biggs, 1939

Letters, p. 604

**

Si hubiese logrado un ascenso cuando trabajaba de publicista, y ganado suficiente dinero para casarme con tu madre en 1920, mi vida quizá habría sido totalmente distinta. Pero tampoco estoy seguro: la gente a menudo acaba convirtiéndose en lo que es tras dar muchos rodeos. Posiblemente habría llegado a ser escritor antes o después.

Carta a Frances Scott Fitzgerald, 1940

Letters, pp. 108-109

**

Deja que te lo repita: quizá sería una excelente idea que empezaras tu carrera —la que fuera— siguiendo los pasos de Cole Porter y Rodgers y Hart. A veces lamento no haber imitado a esa gente. Pero supongo que en el fondo soy demasiado moralista, y que lo que me propongo es sermonear a la gente valiéndome de un estilo aceptable, y no entretenerla.

Carta a Frances Scott Fitzgerald, 1939

Letters, p. 79

**

A menudo pienso que escribir no es sino ir desprendiéndose de la propia personalidad hasta quedarse, indefectiblemente, con algo más leve y más puro.

Carta a Frances Scott Fitzgerald, 1940

Letters, p. 87

**

Lo poco que he logrado ha sido a costa de un esfuerzo descomunal, y ahora pienso que ojalá no me hubiese relajado nunca ni mirado atrás. Ojalá hubiese dicho al terminar El gran Gatsby: «He encontrado mi estilo. Seguirlo es, de ahora en adelante, lo más importante de todo, mi deber primordial. Sin él no soy nada».

Carta a Frances Scott Fitzgerald, 1940

Letters, p. 96

**

Cuando, al escribir, me da la impresión de estar siguiendo pautas comerciales, mi pluma se detiene y mi talento se esfuma al instante. Francamente, no puedo reprocharles haber rechazado las cosas que les he ofrecido de vez en cuando en los últimos tres o cuatro años. Su nueva actitud se explica en parte porque ahora es imposible vender un cuento con final triste.

Carta a Zelda Fitzgerald, 1940

Letters, pp. 136-137

**

Confío en reanudar la novela un día de estos, y esta vez para terminarla. Tardaría dos meses. El tiempo pasa tan rápido: hace ya seis años que publiqué Suave es la noche. Me parece que los nueve transcurridos entre El gran Gatsby y Suave dañaron mi reputación casi de manera irreparable, porque en ese intervalo creció una generación para la que yo no era más que un autor de cuentos The Saturday Evening Post. Dudo que a nadie le interese demasiado lo que vaya a contar esta vez, y tal vez sea la última novela que escriba, pero tengo que acabarla ahora, porque uno ya no es el mismo a partir de los cincuenta: se pierde, creo, la facultad de revivir emociones que no sean las de la niñez. Sin embargo, aún me quedan unas cuantas cosas por decir.

Carta a Zelda Fitzgerald, 1940

Letters, p. 146

**

Es extraño que perdiera mi talento para el relato corto. Aquello se debió en parte a que los tiempos cambiaron, los editores cambiaron; pero también tuvo algo que ver con nosotros dos: me refiero al final feliz. Naturalmente, el tercer cuento siempre acababa de otro modo, pero al público lo conquistaba sobre todo con historias de amor entre jóvenes. Debía de tener una imaginación poderosa, capaz de proyectarse tan a menudo hacia un pasado tan remoto.

Carta a Zelda Fitzgerald, 1940

Letters, p. 148

**

Creo que mi novela es buena. Me ha costado mucho escribirla. Va totalmente a contracorriente en cuanto al tono y será objeto de unas cuantas invectivas. En cualquier caso, se basa en mi experiencia personal: me he esforzado algo más de lo habitual por ser honesto y preciso en el plano emocional. Confiaba, sinceramente, en que otro escribiese un libro así, pero nadie parece dispuesto.

Carta a Edmund Wilson, 1940

Letters, p. 375

**

Este escritor está naturalmente dotado para el oficio, pues no se le ocurre nada que se le pudiera haber dado tan bien como explorar / bucear en el mundo imaginario.

In His Own Time, p. 157

**

Le conté que, en mi juventud, multitud de gente había rechazado mis manuscritos, pero que nadie se había negado nunca a leerlos.

Carta a Eben Finney, 1938

Letters, p. 597

**

—[…] toda mi vida se funda en la ambición de ser novelista. Y eso cuesta un esfuerzo inmenso, un inmenso desgaste nervioso, un sacrificio inmenso como el que hay que hacer para ser el primero en cualquier profesión. Si lo hice fue porque estaba preparado desde niño, desde que a los diez años escribí mi primer cuento. Toda mi vida ha sido un ir progresando hasta convertirme en profesional.

Ahora bien, la diferencia entre el profesional y el aficionado es extraordinariamente sutil. Consiste en una agudeza especial, un aroma —el del futuro— que se puede percibir en apenas una frase. [...]

—[...] Para tener algo que decir hay que pasar noches en vela y atormentarse y buscar continuamente estímulos. Hay que afanarse sin descanso por descubrir la verdad esencial.

Zelda, pp. 272-273

**

«Nadie se ha sentido así nunca —dice el joven escritor—; solo yo. Mi orgullo es como el del soldado que se dirige a la batalla sin saber si habrá alguien allí para repartir medallas o al menos dar testimonio de lo ocurrido».

Pero recuerda esto, joven: no eres la primera persona que ha estado sola, completamente sola.

In His Own Time, p. 157